Françoise Sagan

Ich glaube, ich liebe niemanden mehr

Françoise Sagan

Ich glaube, ich liebe niemanden mehr

Mit Originalzeichnungen
von Bernard Buffet

Aus dem Französischen von Waltraud Schwarze

Anaconda

Titel der französischen Originalausgabe
Toxique

Mit einem Nachwort von Pascale Hugues

Die Ausgabe in der vorliegenden Übersetzung und mit Nachwort erschien erstmals 2011 im Aufbau Verlag, Berlin.

Die Deutsche Nationalbibliothek verzeichnet diese Publikation in der Deutschen Nationalbibliografie; detaillierte bibliografische Daten sind im Internet unter http://dnb.d-nb.de abrufbar.

Umschlagmotiv: Françoise Sagan fotografiert
von © Pierre Quoirez
Umschlaggestaltung: www.katjaholst.de
Printed in Czech Republic 2017
ISBN 978-3-7306-0467-0
www.anacondaverlag.de
info@anacondaverlag.de

Bernard Buffet

Toxique

Sagan

Im Sommer 1957 war ich nach einem Autounfall drei Monate lang Schmerzen ausgesetzt, die hinlänglich unangenehm waren, dass man mir täglich einen Morphinersatz namens »875« (Palfium) verabreichte. Am Ende dieser drei Monate war ich dann hinlänglich vergiftet, dass ein Aufenthalt in einer Spezialklinik geboten schien. Es wurde ein schneller Aufenthalt, aber in seinem Verlauf schrieb ich dieses Tagebuch, das ich neulich wiederfand.

En été 57, après un accident de voiture, je fus durant trois mois ~~atteint~~ la proie de douleurs suffisamment désagréables lorsqu'on me ~~[illegible]~~ donnait quotidiennement un succédané de la morphine appelé ~~[illegible]~~ 6" 875 4 – (Palfium). Au bout de ces trois mois j'étais suffisamment intoxiqué pour qu'un séjour dans une clinique spécialisée s'imposât.

Ce fut un séjour rapide ~~mon et~~ mais au cours ~~[illegible]~~ duquel j'acquis le pressentiment qu'il m'y faudrait retourner d'autres jours.

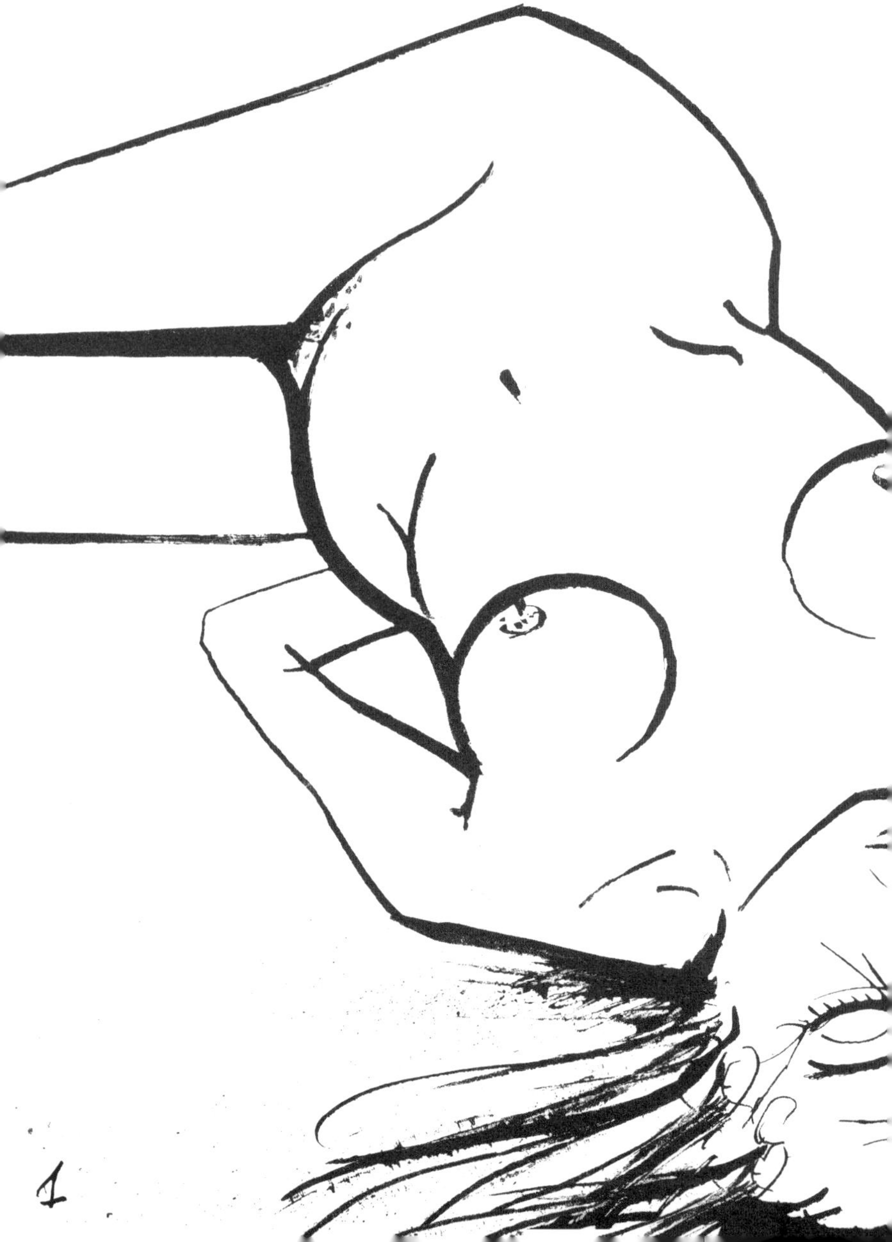
1

Dimanche

Sonntag

Zweiter Tag in der Klinik. Blauer Himmel, Pappeln rascheln im Wind, und doch habe ich keinen sonderlichen Eindruck von Land.

Schreckliche Nacht

Nuit Terrible

2

Im Morgengrauen.

Ich muss wohl nach unten gegangen sein, um die Krankenschwester zu holen. Auf den Stufen der Treppe sitzend fand ich mich wieder, in mich zusammengesunken, und mit einer Stimme wie ein kleines Kind sagte ich unablässig zu ihr, dass ich seit über sechs Stunden ... Als sie mich wieder hinaufbegleitete, hatte ich plötzlich eine Ahnung davon, wie Verfall sich anfühlt.

Schließlich hat sie die Oberschwester gefragt (sehr gut) und sie mir dann gegeben (die Ampulle). Aber ich will nicht mehr so gemartert werden, da es doch auch anders geht. Leiden zersetzt mich.

Und macht mir Angst.

Et me fait

3

Peur –

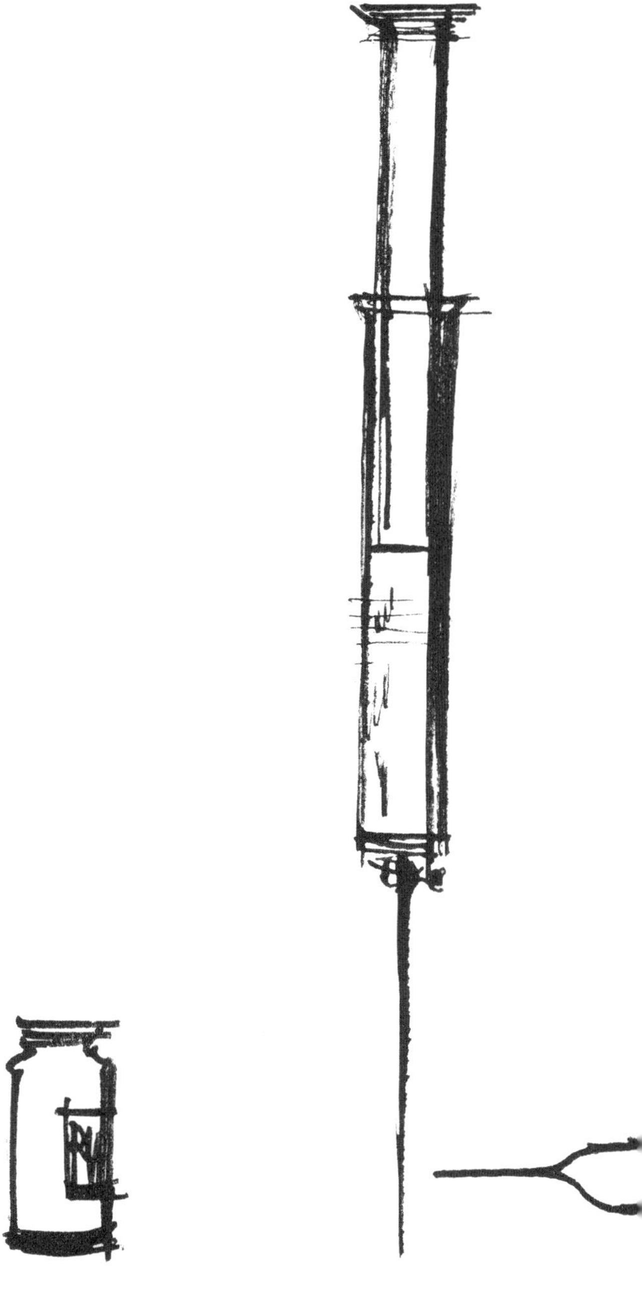

Angenehm dagegen der Vormittag. Während ich ein Bad nehme, blicke ich auf einen gebräunten, schlanken Körper, der mich irgendwie tröstet: »Keine Sorge, ich bin da für den Strand, für andere Körper, seidene Kleider usw.« Später dann, auf der Terrasse, unterhalte ich mich mit Morrel, dem Arzt. Eine merkwürdige Dame gesellt sich zu uns, brünett, hässlich, sehr beschlagen auf dem Gebiet der Malerei. Sie stellt Morrel immer wieder dieselbe Frage.

Ich erfahre, dass Élisabeth, so heißt sie, schizophren ist. Dieses Gespräch zu dritt amüsiert mich, wobei ich sehr aufpassen muss, dass ich sie nicht kränke. Wir spielen sogar Billard. Monsieur Jean kommt vorbei, leicht debil, sehr vornehme Herkunft. In gewisser Weise wird alles ein bisschen

erträglich.

Montag

Ich habe gestern 13 Stunden ohne Ampulle durchgehalten.

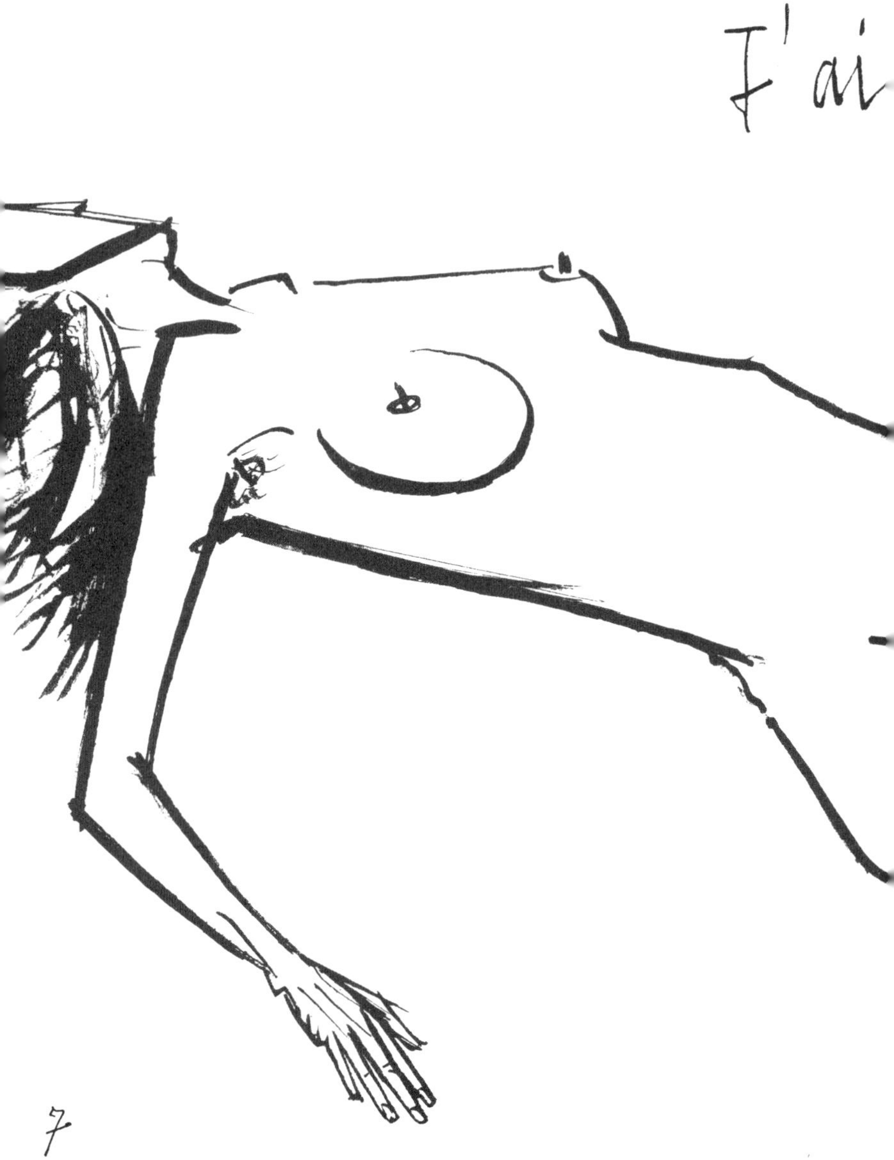

Lundi

passé Hier 13

Heures

sans Ampoule.

8

Ich finde, das ist ein Ereignis.

Aprés Midi Tranquille,

Ruhiger Nachmittag,

nach einem poetischen Morgen. Ich werde mich auf eine Wiese legen, den Geruch von warmem Gras einatmen. Fast bedaure ich, nicht wirklich unter Drogen zu stehen: dann würde mich das so bittersüß an meine Kindheit erinnern. Ach, wie nah erscheint mir bei diesem Geruch doch die Kindheit. Sonnendurchglühtes Gras, Ameisen, der Blick von unten hinauf in die Bäume, noch sind das keine mit Etikett versehenen Erinnerungen.
Das Herz klopft mir, wie man sagt. Ich versuche verzweifelt, nicht zu mogeln, aber ich brauche bloß daran zu denken, und schon fängt es an. Die einzige Lösung ist, zu warten, bis es richtig schmerzt. Und nicht nur so wahnsinnig zermürbend ist wie in diesem Augenblick. Ich belauere mich: Ich bin ein Tier, das ein anderes Tier belauert,

in meinem Innern.

Au Fond de Moi.

Als ich von der Wiese zurückkam, hörte ich jemanden schluchzen. Jedes Schluchzen ist herzzerreißend, dieses war es auch.
Sicher ein ganz junger Mensch, und sehr verzagt. Ich näherte mich diesen gramvollen Fenstern so weit wie möglich, dann ging ich daran vorbei, und meine Schritte wurden schneller, sobald ich sicher war, dass ich mich nicht getäuscht hatte. Ich lief um das Gebäude herum und erreichte mit besorgter Miene das Büro, ich wollte ihnen Bescheid sagen. Schon am Eingang hörte ich dasselbe Schluchzen, nun über den Korridor. Es störte niemanden, die beiden Ärzte und die beiden Schwestern unterhielten sich angeregt. Man sagte mir, es habe nichts zu bedeuten.

J'ai donc Téléphoné

Ich habe also

Annibal angerufen, zögernd, weil immer noch mit diesen Lauten im Ohr. Die Schwester erbarmte sich meiner und schloss die Tür zum Flur. Aber da empfand ich schon nur noch düstere Neugier.

Morne et Effrayée.

Düster und verstört.

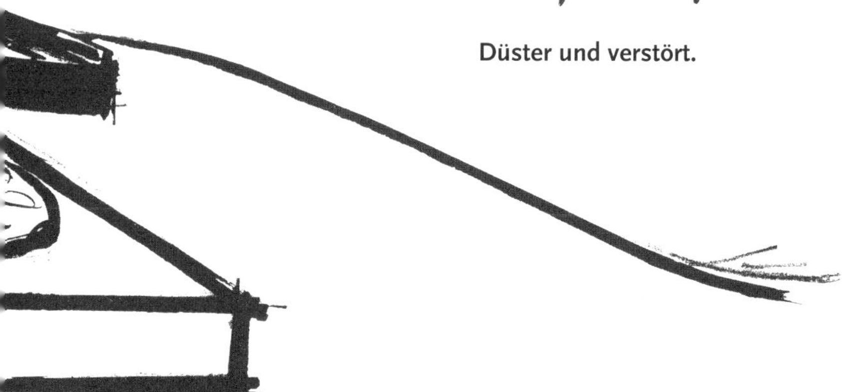

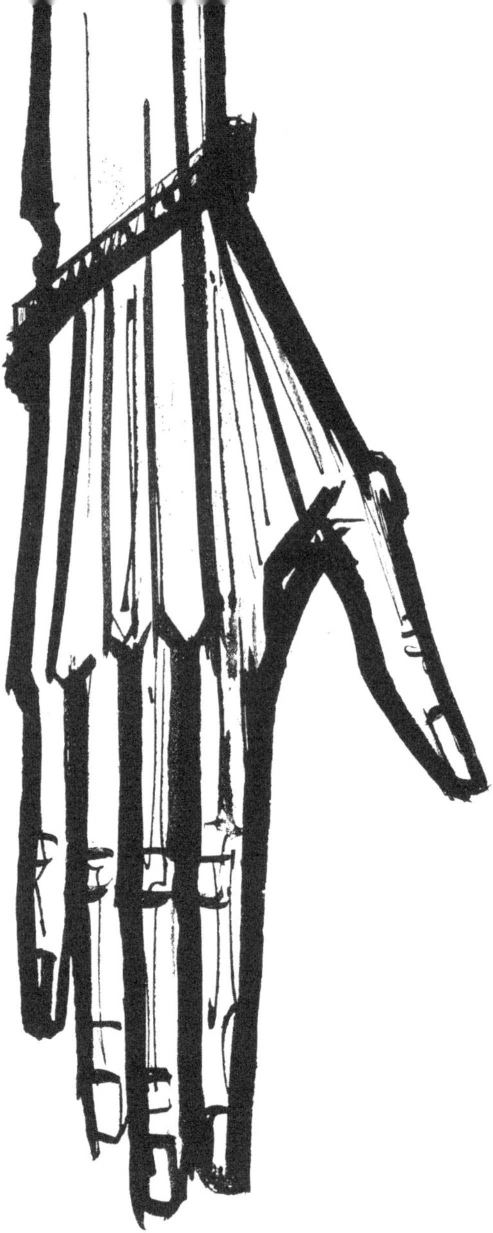

Ich hatte schon lange nicht mehr mit mir selbst gelebt.

Das wirkt sich seltsam aus.

Es gibt fünf oder sechs Leute, ich gestehe es, mit denen ich meine Zeit lieber verbringen würde, weshalb ich mich selbst mit einer Art Herablassung betrachte. Manchmal spiele ich mit meinen Fingern, nicht ohne Sympathie. Die übrige Zeit kämpfe ich diesen absurden Kampf gegen die Zeit und

№ 815

(Schade, dass das kein Datum aus der Geschichte Frankreichs ist, dann wüsste ich es.)

15

Doch mir scheint, dass meine einzigen glücklichen Beziehungen zu mir selbst, abgesehen von denen zu anderen Wesen und den wenigen Augenblicken von Euphorie oder physischem Wohlbehagen, welche die Natur uns schenkt, fortan nur noch literarische sein können. Sollten demnach Schriftsteller in die gleiche Falle gehen wie Buchhalter, Unternehmer und andere Arbeitstiere? Um sich später irgendwo in untätiger Einsamkeit wiederzufinden: davor graust einen. Ich verstehe, dass M. und andere so scharf darauf sind, in Touristen-Magazinen vor sich hin zu sabbeln.

Denn wenn man erst niemanden mehr hat, den man umarmen möchte, und die Einsamkeit so was wie Arbeit wird, die keiner mehr von einem verlangt,

muss das Leben trostlos sein.

Vie Doit être Triste.

J'Adore Écrire,

Ich schreibe furchtbar gern.

Ich ertappe mich dabei, wie ich halb hingelümmelt auf meinem Stuhl hänge, die Arme hinterm Kopf verschränkt, die Zigarette nachdenklich im Mundwinkel, in der lässigen Haltung eines Schriftstellers bei guter Gesundheit, der über sein zuletzt Geschriebenes nachsinnt.

Zweifellos die erste »Wohlfühl«-Position, seit ich in diesem Zimmer bin, wo alle meine Impulse entweder Flucht oder, auf dem Bett, Zuflucht bedeuten.

Eine Katze läuft über die Allee, Vögel hüpfen auf der Wiese.

Apollinaire, den ich heute Morgen las ... mit welchen Augen würde er wohl diese sanften schizophrenen Damen, die so gar nicht seinen Damaszenerinnen gleichen, in den ausgestorbenen Alleen dieses Parks lustwandeln sehen, einen veilchenblauen Strohhut auf dem rastlosen Kopf, der manchmal eigensinnig einem kleinen Gedanken nachjagt, einem wundervollen kleinen Gedanken, der sie ganz und gar erfüllt.

Wäre da nicht das Gitter um den Park, wie man sagt ... Außerdem kann ich Verinoc telefonisch immer noch nicht erreichen, was mich rasend macht.

J'aimerai

Mein Herz schlägt entweder zu stark oder nicht kräftig genug.

Unaufhörlich rechne ich: Die letzte hatte ich um Viertel nach sieben, jetzt ist es drei viertel drei. Macht siebeneinhalb Stunden. Ungefähr in einer Dreiviertelstunde werden Guy und Annibal hier sein.

Es wäre mir peinlich, wenn ich in ihrer Gegenwart einen Erstickungsanfall bekommen würde. Es ist grässlich, aber so einfach: den Telefonhörer abnehmen, um Hilfe bitten, die sofort kommt. Selbst aus Heroismus würde ich das nicht grundlos tun.

Ich wünschte, Verinoc wäre hier.

que Verinoc soit là.

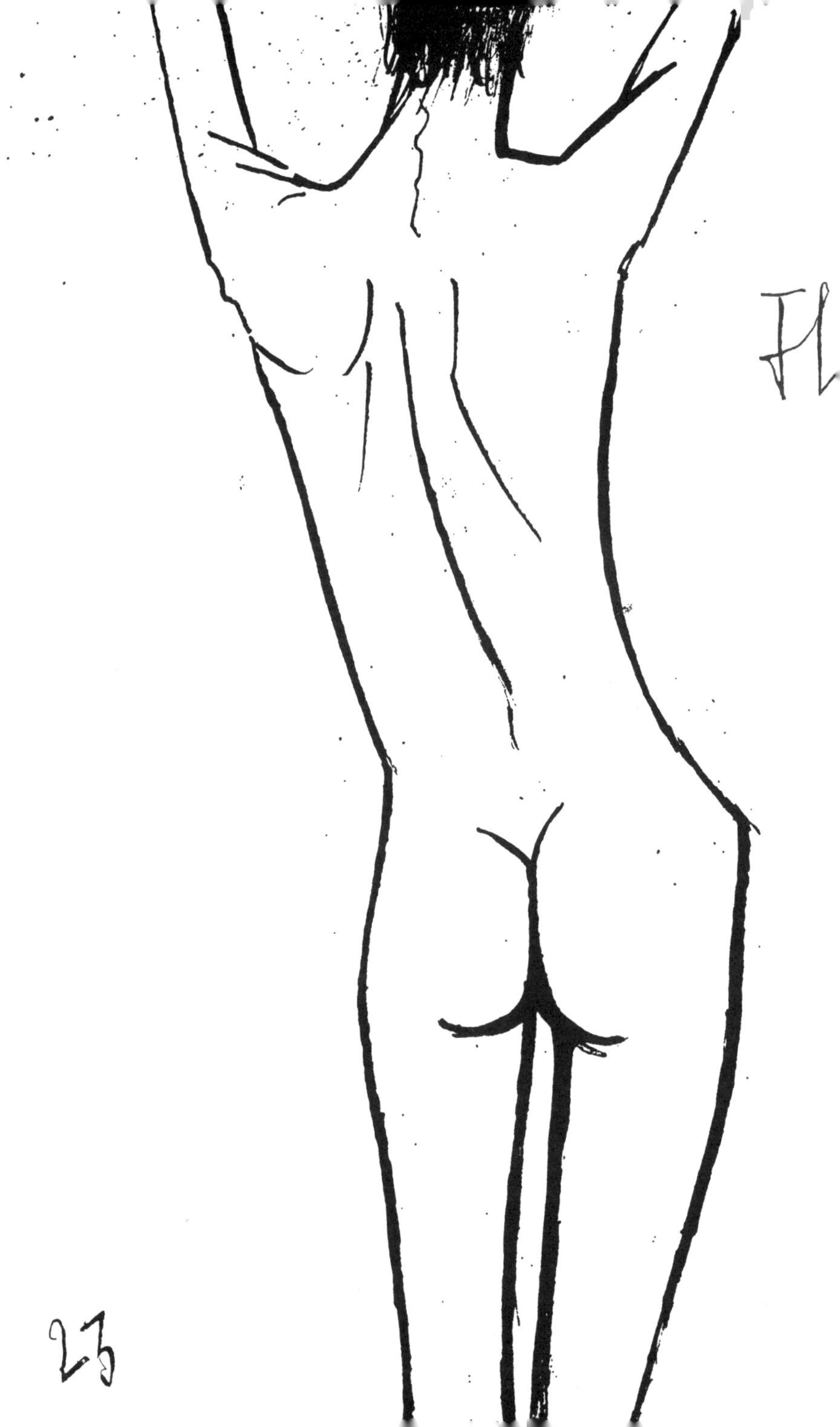
23

Mardi

Parait que ca va Devenir Plus Difficile.

Dienstag

Es heißt, es wird schwerer werden.

Das glaube ich gern, ich kriege seit heute Morgen keine Luft mehr. Man muss wohl durchhalten, scheint mir. Die Stimmung steigt und sinkt unaufhörlich zwischen zwei Krisen. Den Hörer abnehmen, den forschen Tonfall wahren, gefasst erklären, dass es so ganz entschieden nicht zu ertragen ist. Sie werden etwas tun, irgendwas, das den Moment hinauszögert, in dem ich durchdrehen werde. Alles, was ich für mich tue, richtet sich gegen mich, es ist einfach

grauenvoll.

Epouvantable.

GIN
OLD
VAT

Heute Morgen in einer Allee wurde mir für einen Augenblick ganz fröhlich zumute, als ich an die Treppe im

Jimmy's,

dachte, dieser Bar, wie wohl hab ich mich dort gefühlt, wie habe ich gelacht, und wie barmherzig dunkel war es. All das hat mich hier in diese Allee geführt, durch die ich allein laufe, während ich widerwillig auf ein träges, in seinem Rhythmus gestörtes Herz achte. So bin ich denn bestraft, ich, die ich nicht an Strafen glaube.
Ihr, meine Zechbrüder, liebenswerter, gutmütiger Clan meiner Pariser Nächte, ich werde nicht mehr mit euch herumziehen können von Bar zu Bar, von einem Auto ins andere, es sei denn nüchtern. Und ich fürchte, das funktioniert nicht.

Ich stelle mir das traurig vor.

Ça me paraît triste

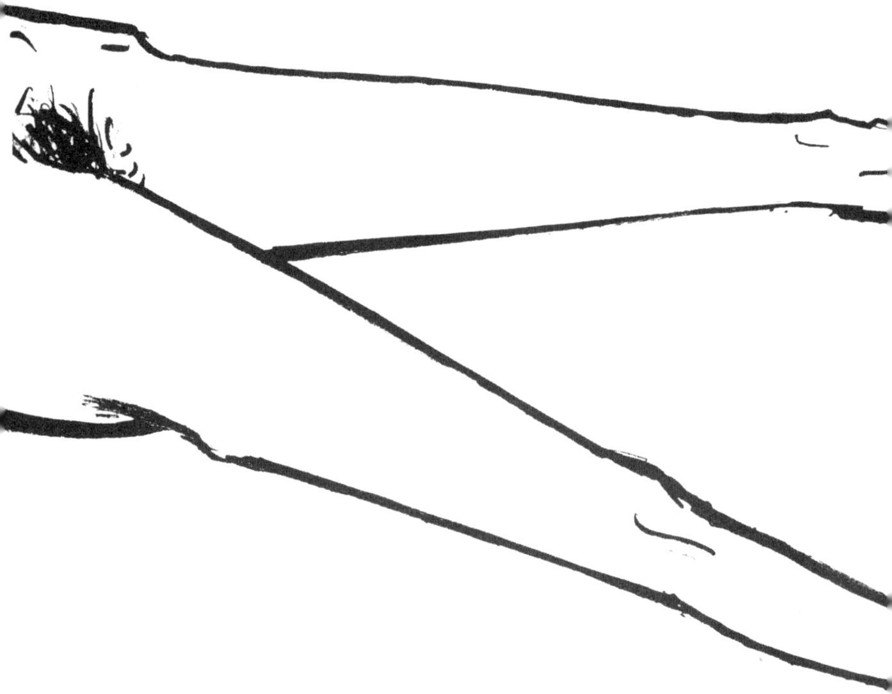

Wenn da nicht diese noch viel entsetzlichere Drohung wäre, die über meinen Beinen schwebt, könnte ich schier verzweifeln.
»Noch ein Schlückchen.«
Goya wird mich voller Verachtung mein Mineralwasser trinken sehen. Es liegt ganz gewiss in meinem Interesse, diese Kur zu machen, die einem den Geschmack am Alkohol restlos nimmt. Aber so ein gut gekühlter Weißwein bei großer Hitze, und ein Rotwein, wenn es kalt ist ...?

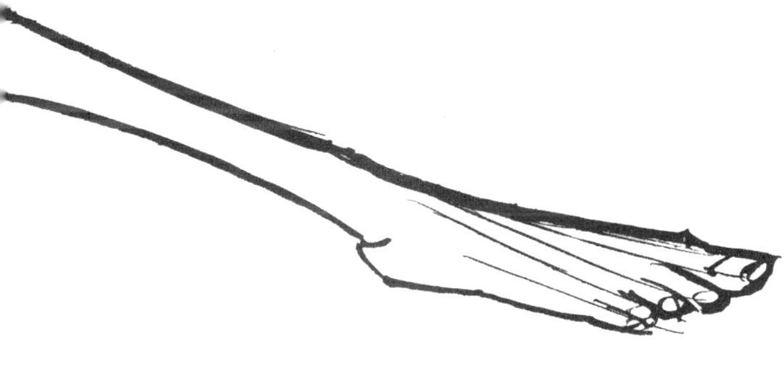

E 8

Heute Nachmittag habe ich länger gewartet als sonst, und ich bin erschöpft. Es ist halb fünf, die anderen werden gleich kommen.

Morrel hat mir einen Intelligenztest vorgelegt, aber ich fühle mich noch nicht stark genug dafür, er erscheint mir ein wenig lang. Wenn er mir dann hinterher sagt, ich sei von mittelmäßiger Intelligenz, werde ich ihm, fürchte ich, nicht glauben. Das ist ein bisschen fatal. Aber auch nur ein bisschen.

31

Fendi

Donnerstag

Eine halbe Ampulle. Wir kommen voran. Ich fühle mich gar nicht so schlecht. Ich lese gerade ein ziemlich dummes Buch über Baudelaire, drei Kriminalromane, Chateaubriand, Apollinaire. Wenn ich mir ein Buch vornehme, lese ich es für gewöhnlich zu Ende, aber bei dem hier gelingt es mir nicht, mich zu konzentrieren.

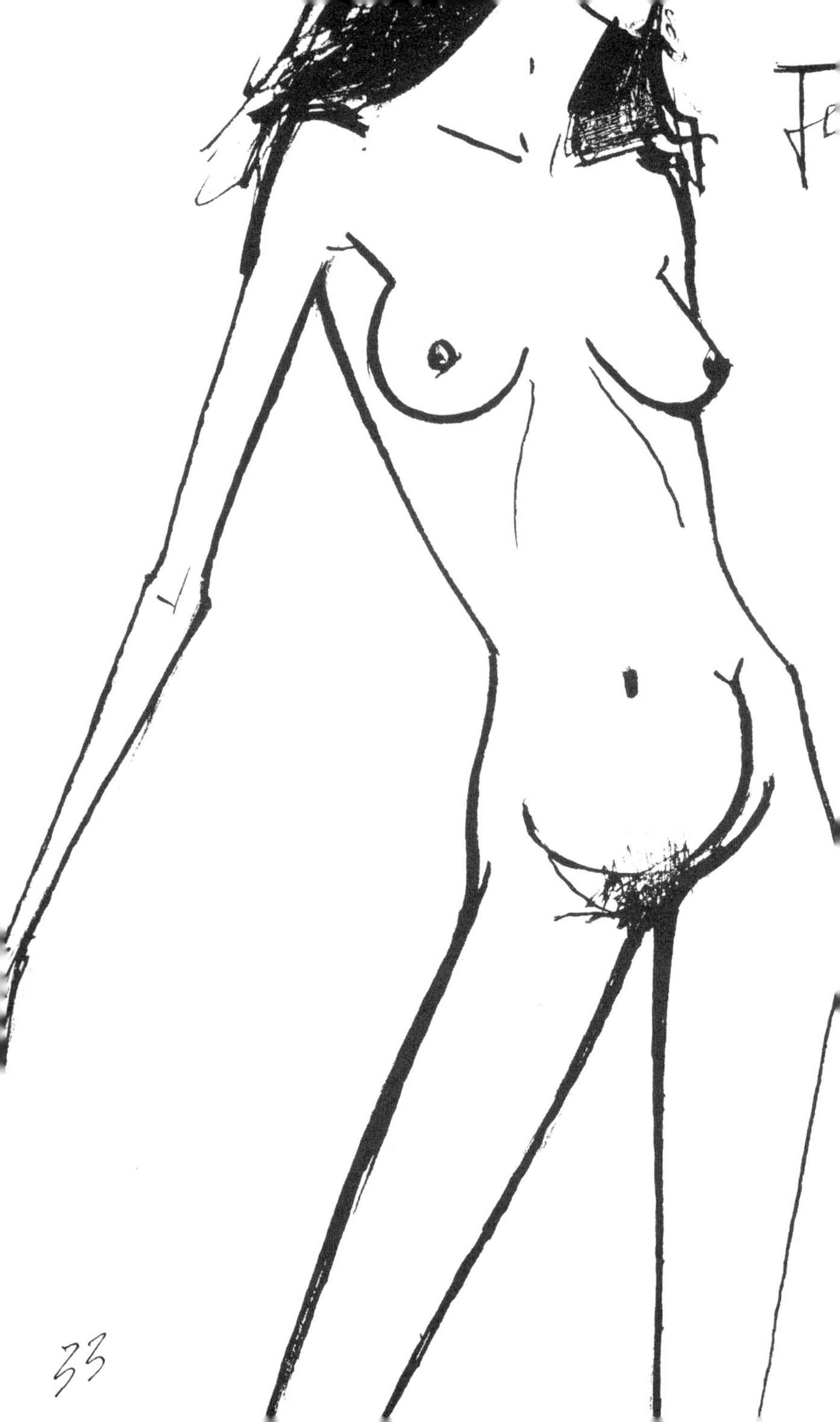
33

crois que je ne suis plus Amoureuse de Personne.

Ich glaube, ich liebe niemanden mehr.

– Diese erschreckende Feststellung ist schon einen Absatz wert. Ich kann nicht anders, mein Denken beziehungsweise mein Schreiben ist unwillkürlich literarisch. –

Ich weiß, was mir übrigbleibt. Ich werde mich in mich selbst verlieben, mich pflegen, mich bräunen, meine Muskeln nach und nach wieder aufbauen, mir Kleider kaufen, unendlich behutsam mit meinen Nerven umgehen, mir Geschenke machen, mir in den Spiegeln ein verwirrtes Lächeln zuwerfen. Mich lieben. Vermutlich wird 1958 irgendeiner vorbeikommen und dieses langsame Abgleiten in die Schizophrenie aufhalten. Und vermutlich wird er

?

Ferien, Ferien …

35 Vacances, Vacance

Morrel ist sehr nett, ich mag ihn. Gestern hat er mir vorgeschlagen, den Orchard-Test zu machen. Ich habe ja gesagt, nicht ohne ein diffuses Unbehagen. Wir haben schönes Wetter, das Gras ist grün, die Mückenschwärme über dem Teich werden dichter. Und in mir flackert dieses kleine Etwas.

Künstliche Paradiese des Nicht-Leidens, ich werde euch nicht mehr kennen. Ich werde nicht mehr erleben, wie Fifi oder Felix mit geübtem Griff die kleinen blau beschrifteten Ampullen köpfen, diese kleinen Ampullen, die so harmlos aussahen und es doch gar nicht waren. Heimtückisch, wie X. es wahrscheinlich ist, beruhigend, wie Annibal es tatsächlich ist, usw. Annibal hat mir einen schwarzen Shetlandpullover gekauft. Wenn ich nicht beschlossen hätte, in diesem Tagebuch über niemanden zu sprechen, würde ich eine lange Lobeshymne auf Annibal anstimmen ... Schwarze Shetlandwolle auf gebräunter Haut,

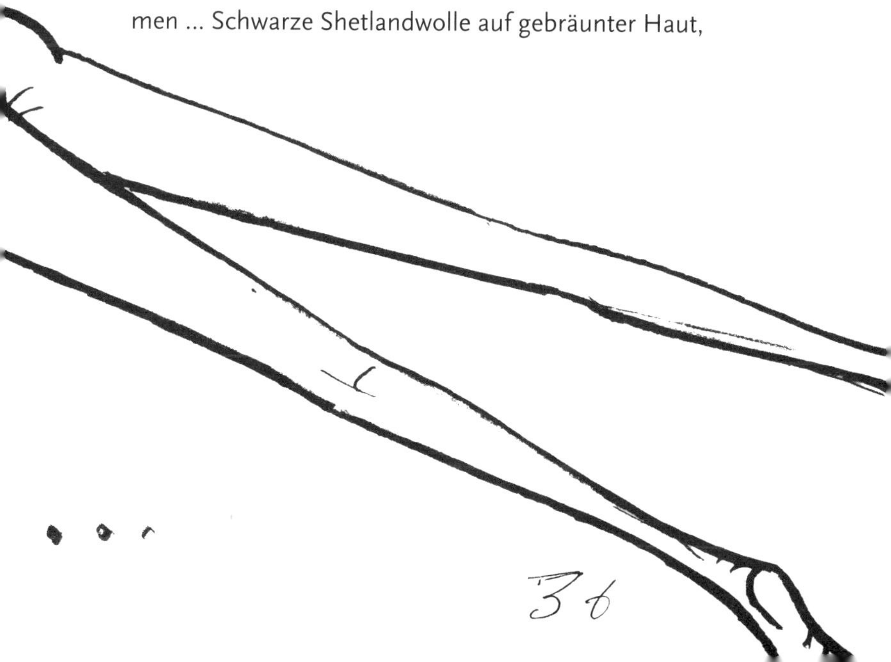

Madame No (?) gibt mir noch mal was für zwei Tage. Wundervoll. Es ist von einer Schlafkur die Rede.

Dormir 3 Jours

Drei Tage schlafen.

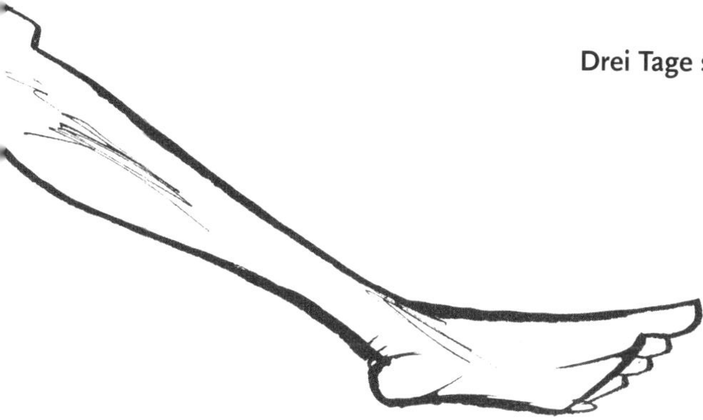

Aufwachen gerade nur, um zu essen, und dann endlich ab in die Sonne. Verlockend. Aber zugleich – ich bin wohl doch unverbesserlich – habe ich das Gefühl, man würde mir drei Tage stehlen. Drei Tage meines Lebens. Die ich nur damit zubringen würde, zwischen Bett und Sessel herumzuhängen, hin und wieder keine Luft zu bekommen, zu versuchen, an etwas anderes zu denken. Warum nicht schlafen?

Diese ewige Gier,
diese ewige Neugier ...

Cette éternelle Avidité
Cette éternelle curiosité

39

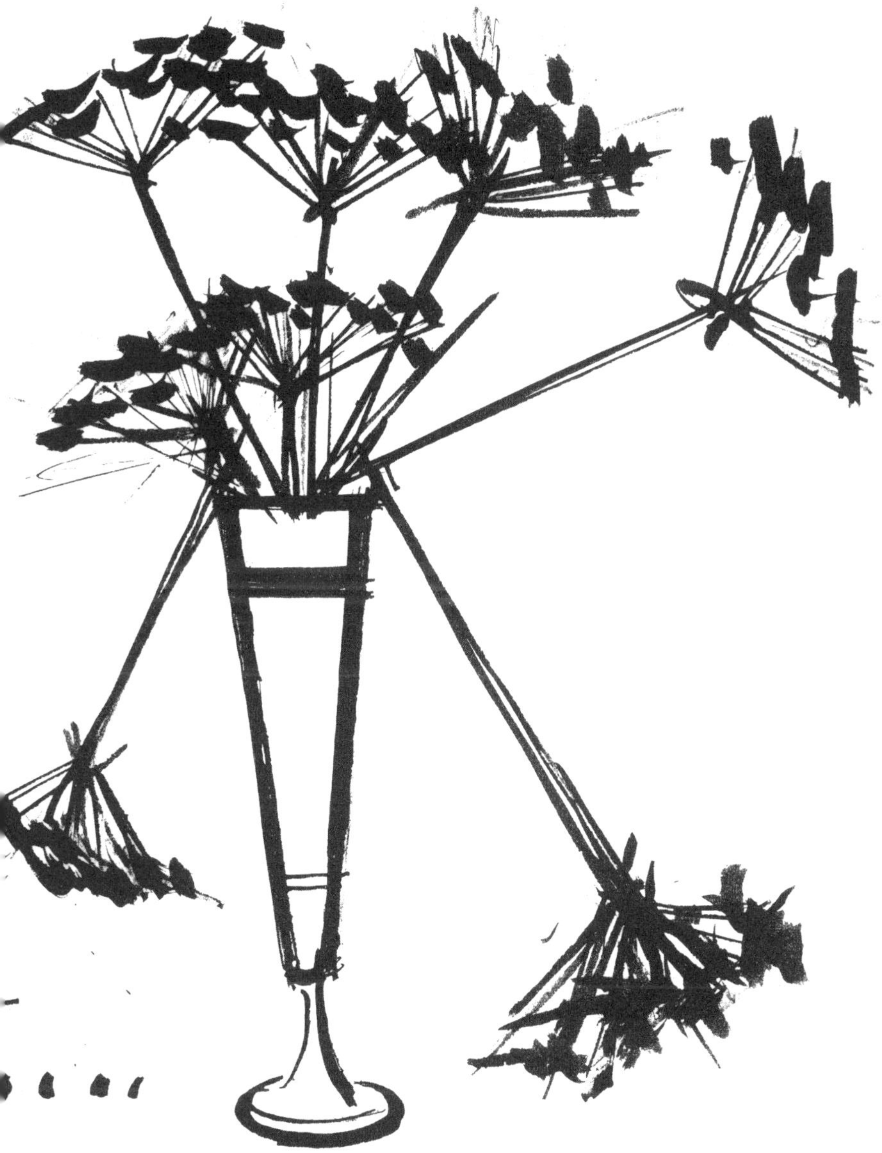

Das Buch über Baudelaire ist eindeutig von einem Idioten geschrieben. Ich kriege Schmerzen in den Armen. Kein gutes Zeichen. Das Buch von Céline ist schon ziemlich unerhört. Im Grunde wirft es die Frage auf: Kann ich, wenn ich hier rauskomme, Céline hunderttausend Francs überbringen oder nicht? Eigentlich müsste sich jeder aufmerksame Leser diese Frage stellen. Bolloré allerdings, statt darüber zu grübeln, wer Loukoum ist, hätte mit einem Scheck in der Hand auf der Stelle nach Belleville fahren sollen.
Keine Reflexe, aber ich habe auch gut reden. Werde ich

Céline 100 000 Francs überbringen, sobald ich hier raus bin?

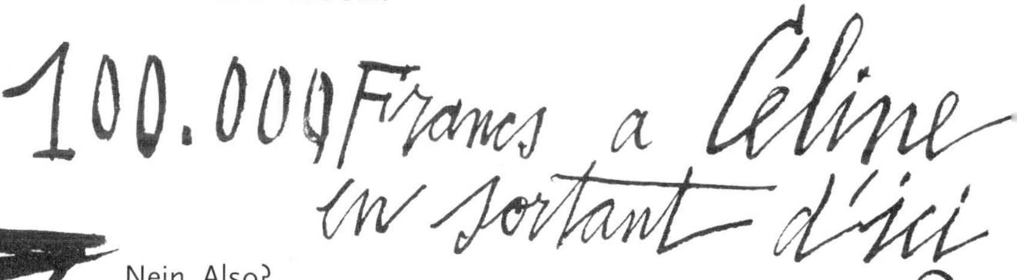

Nein. Also?
Andererseits glaube ich, wenn ich einen Sekretär hätte, wäre es schon geschehen.

Erschreckender Mangel an Reflexen in diesem Milieu, aufgewogen durch Dutzende zusätzlicher kleiner Reflexe, über die ich gestern mit Jacques sprach.

Ich verachte, wie angenehm, ich verachte.

Je Méprise, agréablem

43

Schäbige Reflexe, die ich nicht habe und nicht kriegen werde, wie lange auch immer mein Aufenthalt in diesem Milieu dauern wird, selbst wenn ich, was wahrscheinlich ist, mein Leben hier verbringen sollte. Unfassbar, all diese Absichten, diese Ausflüchte, denen man begegnet …

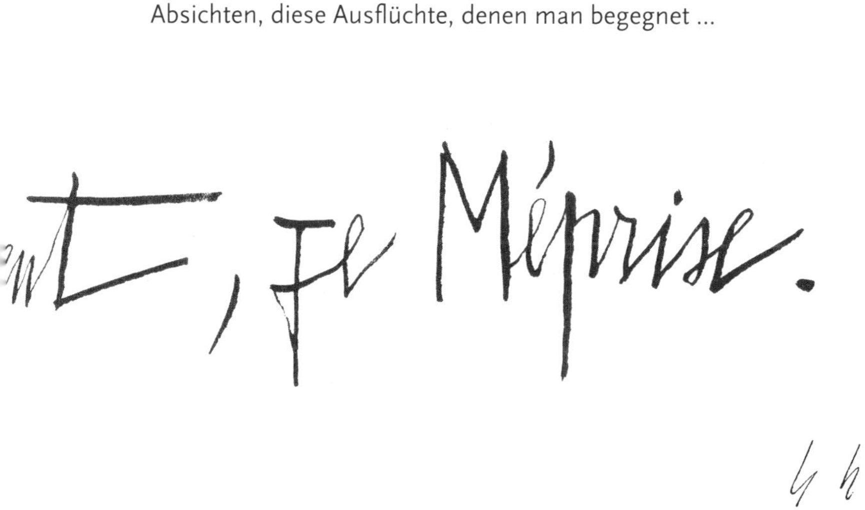

Dies ist der Tag X, der Tag »ohne«. Wahnsinnig schwer eingeschlafen. Habe sogar, taumelnd vor Müdigkeit, ein Bad genommen. Immerhin sind die Nächte in diesen Breiten richtig dunkel.

Vendredi

Freitag

Ich müsste raus hier, es reicht mir langsam. Wirklich, es reicht. Es nieselt, ich habe den *Figaro* gelesen, das könnte selbst den größten Optimisten deprimieren. Verinocs Stimme am Telefon, sie klingt nach Neuigkeiten. Antoine ist gekauft, die Probleme beginnen. Hoffentlich hat er nichts am Kiefer, wie jener Setter, den ich mal an einem müßigen Tag auf den Quais gekauft habe, er hatte ein rostrotes Fell, war so sanft, so verspielt und doch unheilbar krank.

Vielleicht sollte ich meine schriftstellerische Aktivität auf etwas anderes richten als dieses kleine Tagebuch. Eine Novelle? Ja, aber was? Dreißig Anfänge fallen mir ein, aber kein Schluss. *L'homme étendu* war nicht schlecht, und auch *Une soirée*. Ansonsten ...

Ich würde gern etwas schreiben, das in Spanien spielt, so mit Blut und Degen, oder in Florenz zur Zeit der Borgia (?) ... ach nein.

Mein Ding scheint wohl doch zu sein: »Er goss den Kaffee in die Tasse, goss Milch in den Kaffee, tat ein Stück Zucker dazu ...«, usw. Der schnöde Alltag, Prévert, Buffet, unsere eigene liebe Zeit? Sartre, niemand ist weder freundlich noch boshaft, wie sollte er es auch sein? Die Langeweile, die große Liebe, die den Kopf unterm Flügel verbirgt, was will man schon davon wissen, und warum es erst versuchen, usw.

Tox

Françoise

Also gut, sehr gut. Genau das interessiert mich. Ich werde eine Novelle schreiben. Das Problem ist nur, allein bei dem Gedanken an ein »Vorhaben« krampft sich mir das Herz zusammen. Es regnet. »Ah que la vie est lente et que l'espérance est violente.« Ach, wie herrlich ist Apollinaire.

Ach, und wie langweilig mir. Fliehen? Vielleicht.

Ein Wolkenbruch, es schüttet aus brechenden Wolken. Mein Frühstück kommt später, auf die regenblinde Fensterscheibe scheint die Sonne. Man muss schon sagen, das alles hat einen großen Zauber. Dieser wütend peitschende Regen, wie er sich von der Sonne umschmeicheln lässt, die Wiese, die es darüber tröstet, dass sie gestern gemäht wurde, und ich selbst, die es einen Augenblick lang tröstet, dass ich hier bin ... »Der Regen fällt, wie wunderschön, ich liebe dich, lass uns zu Hause bleiben. Was gibt es Schöneres als dich und mich, in diesen herbstlich trüben Tagen ...« Francis Carco, wenn ich mich nicht irre, *La Bohème et mon cœur*. Ich weiß zwar nicht, wen ich liebe, aber ich bleibe ganz sicher auch zu Hause.

Habe versucht, eine Stunde zu schlafen. Ich werde bestimmt nicht noch eine Woche hier bleiben. Das ist zu lang. Es hat aufgehört zu regnen, der Springbrunnen unten hat seine Stimme wiedergefunden. Ich möchte mir die Haare schneiden lassen, den Kopf abschneiden lassen, ich bin müde, ich weiß nicht, wann Guy kommen wird noch wann ich werde schlafen können, ich werde immer gereizter. Annibal und Verinoc werden mit Antoine vorbeikommen.

Es regnet wieder. In Cajarc hätte ich natürlich auch nichts anderes zu tun als hier an diesem Fenster, wo ich gähne. Ein verrückter Krankenpfleger läuft im Regen über die Allee. Meine Zigarettenspitze ist mir entglitten und auf den Fenstersims gefallen. Ich habe keinen Finger gerührt, wie gebannt von dem Ereignis habe ich darauf gewartet, dass sie am Rande des Abgrunds zufällig liegen bleibt, ich war unfähig, vorher einzugreifen. Aus Neugier. Wenn ich darüber nachdenke, so scheint mir, dass ich schon immer so gewesen bin, außer am Steuer …

»In dem großen, noch triefenden Glashause besahen die … Kinder in Trauerkleidung …« Rimbaud, *Nach der Sintflut*. Ich erinnere mich an einen frühen Nachmittag am Strand von Hendaye, wo ich, allein mit diesen Gedichten,

ein tiefes Glück

empfunden habe.

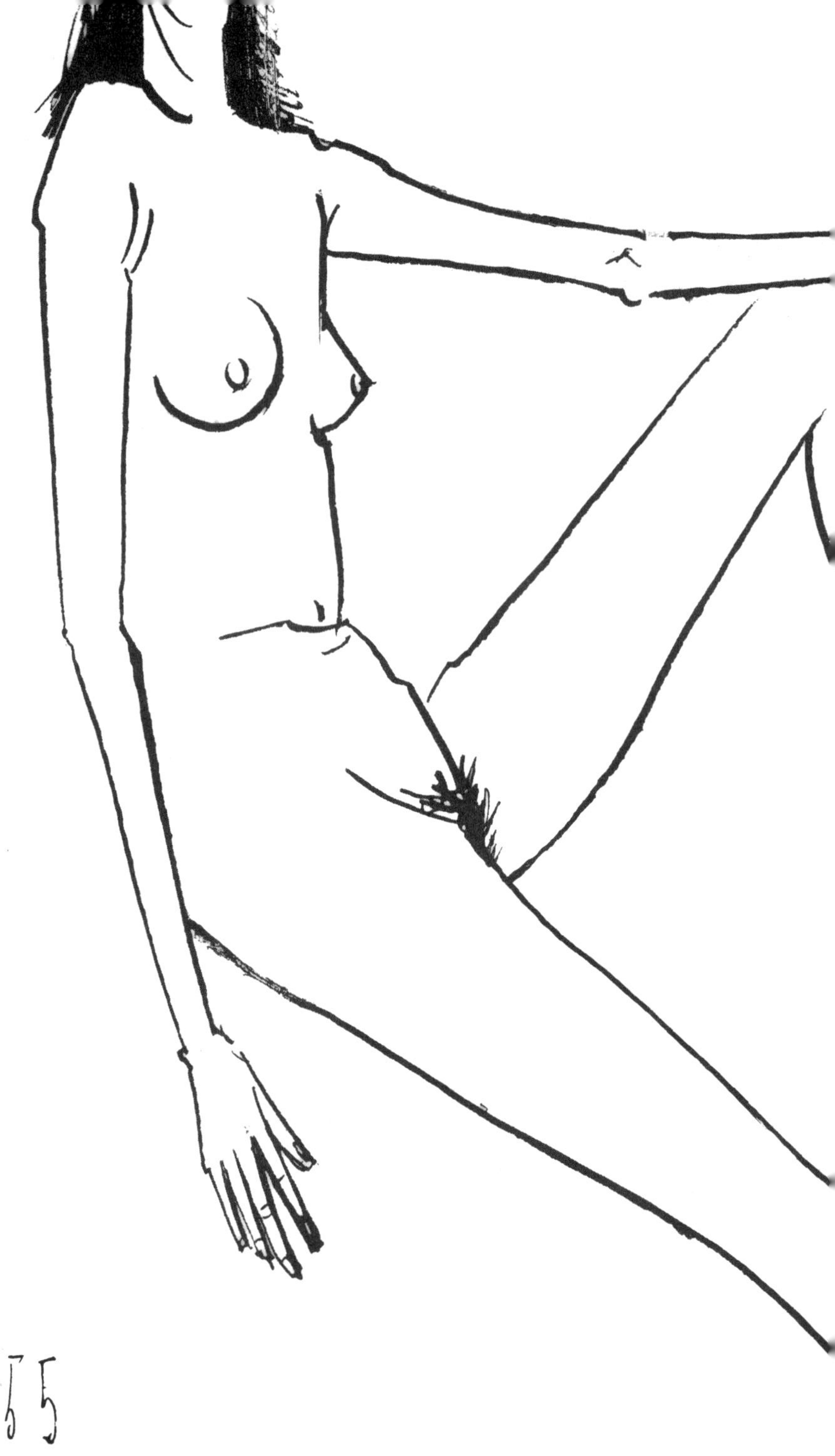
55

Es war sehr warm, und in dem Gedicht war die Rede von einem Hasen, von Süßklee und einem Regenbogen.

Ich war sechzehn,
ich bin sechzehn gewesen,
ich werde nie mehr sechzehn sein,

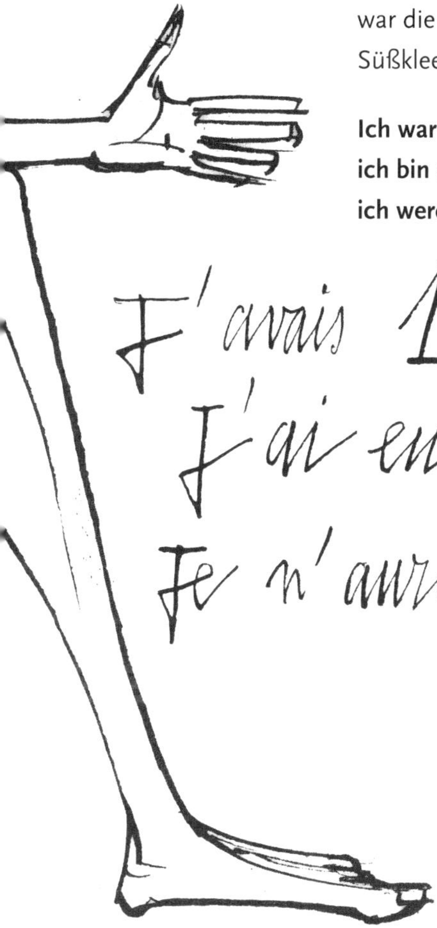

J'avais 16 ans
J'ai eu 16 ans
Je n'aurai plus 16 ans

ich, die ich mich wie die Jugend selbst fühle. Ich bin in der Tat nicht gealtert,

ich habe auf nichts verzichtet.

Je n'ai Renoncé à Rien

Ich habe so ein paar Sachen gelernt, vielleicht auch Tricks. Wann aber werde ich wieder die Kraft haben, einen Aston zu fahren? Die Porte Maillot ein bisschen zu rasant zu nehmen ... Straßen, Plätze, sie sind lauter sehnsüchtige Erinnerungen.
Diese schwarze, weit geschwungene Motorhaube, dieses vertrauensvolle, wohlwollende Dröhnen, ach ihr ein wenig langen Jaguare, ihr ein wenig schweren Astons, ich sehne mich nach euch zu Tode, nachdem ich durch euch fast zu Tode gekommen wäre.

Sehr menschlich.

Bien Humain

58

Annibal und Verinoc sind gerade gegangen. Verinoc ist einfach großartig und so fröhlich, ich mag sie. Antoine und Annibal sehen sehr zufrieden aus, rothaarig die eine, brünett die andere.

Ich werde schlafen.

Ich wäre so gern mit ihnen in das Taxi gestiegen. Früher tat ich alles, was ich wollte, jetzt

nichts mehr,
es ist widerwärtig.

Als Nächstes wird man mir wohl die Medaille für erfolgreiche Entgiftung verleihen, alle Welt rühmt meinen Mut, ich lächle glückselig und ein bisschen

idiotisch.

Idiotie

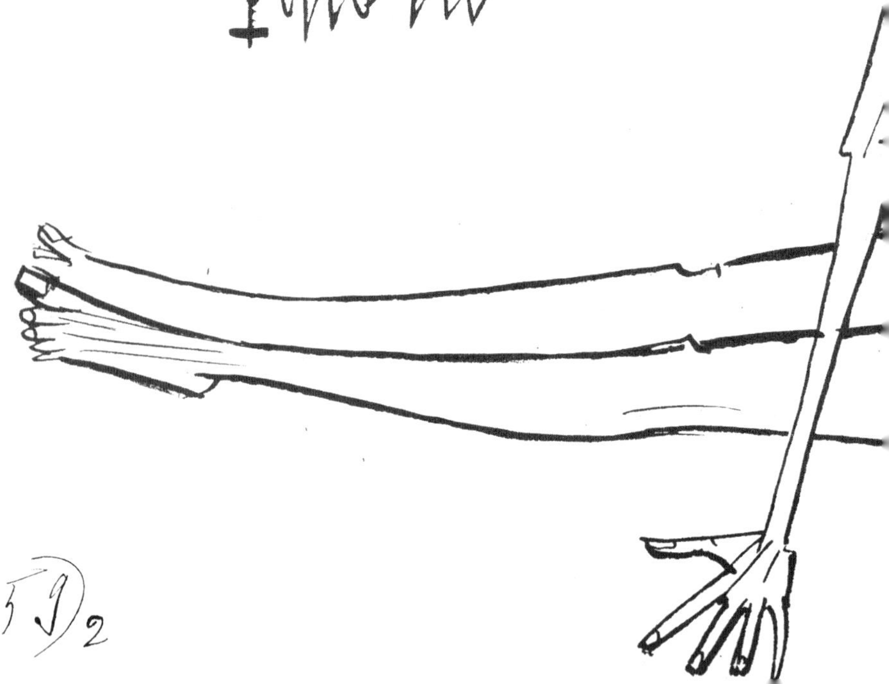

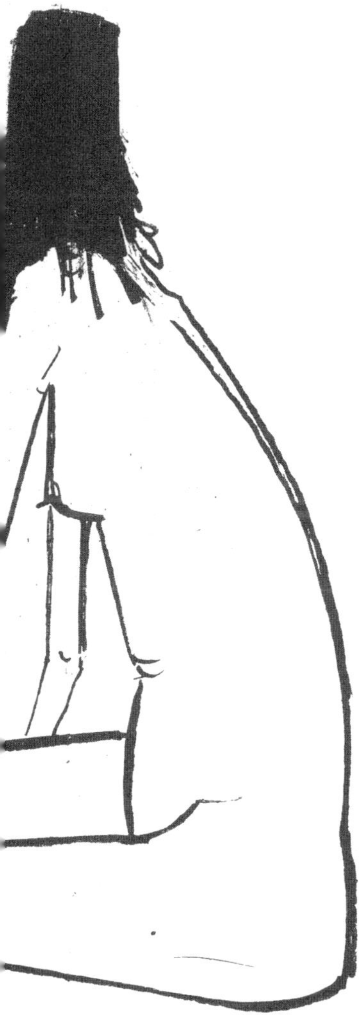

Schlafen ist unmöglich. Ich bin voll-
gestopft mit Schlafmitteln und tu kein Auge zu. Ungefähr dasselbe Gefühl, wie wenn man überhaupt nicht schläft. Nicht sehr angenehm und auch nicht das Gegenteil. Der Kopf dreht sich einem, man schwankt beim Gehen, im Magen ein flaues Gefühl, und dann diese ewigen grünen Rasenflächen ... Ich hasse Rasen, nie mehr will ich Gras sehen, ich fahre auch nicht nach England.

Excellent
Sandwich

Ausgezeichnetes Sandwich

Für mich ist das Sandwich mit dem Journalismus verbunden. Ich habe immer davon geträumt, wie ich nachts, kurz vor dem Andruck, ein Sandwich esse. Aber die wenigen Male, die ich mir ein langatmiges Stück ansehen musste, schlief ich hinterher ein, oder aber es trieb mich, sanft beschwingt, direkt in einen Nachtclub. Und wenn ich dann morgens mit schwerem Kopf im Bett lag, während der Fahrradbote von *France-Soir* schon im Hauseingang nervös auf und ab lief, bastelte ich ein paar Sätze zusammen. Grauenhaft. Und infam gegenüber dem Autor.

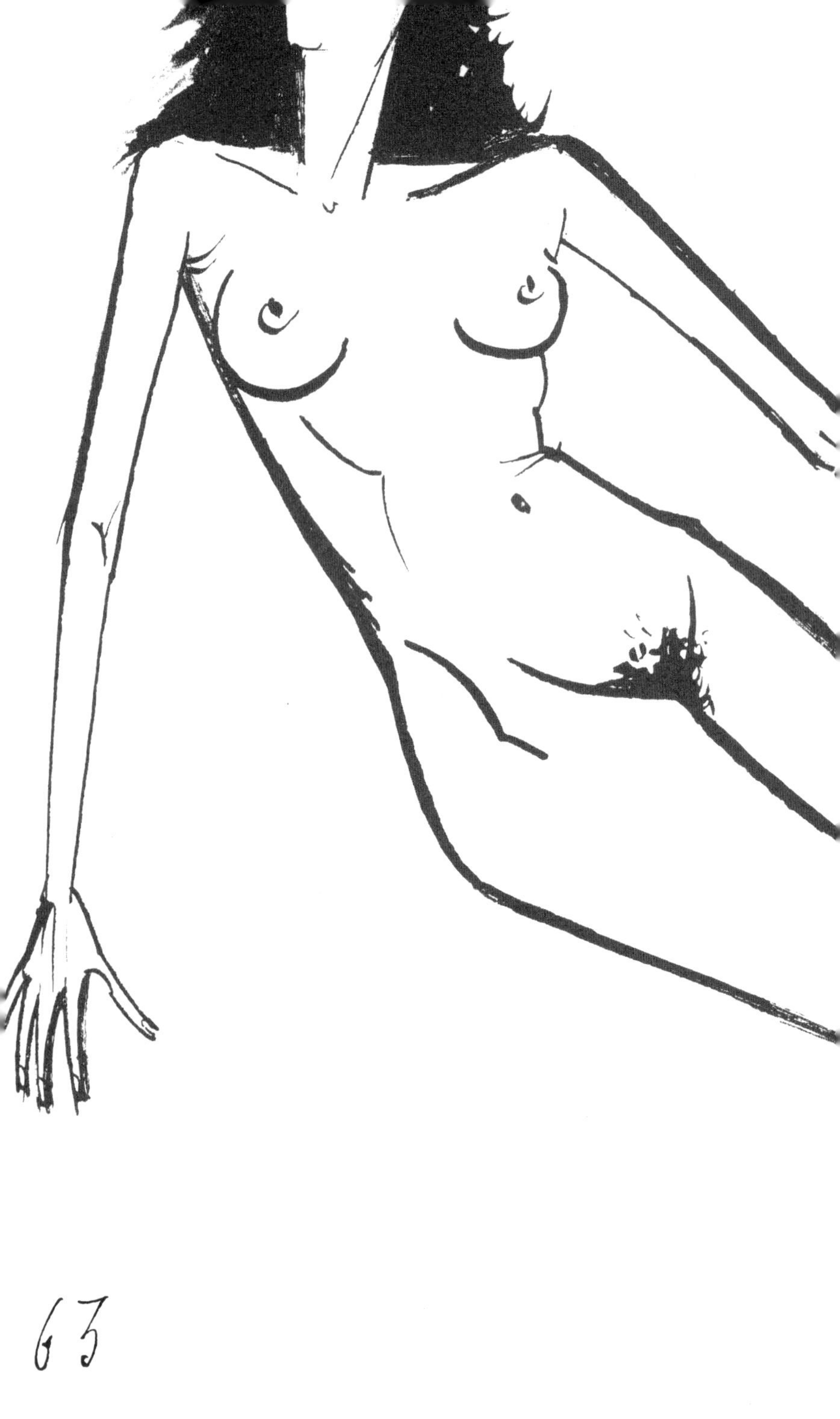
63

Andererseits, es war ja auch so schlecht ... Dieses Stück mit Périer und François, in das ich mit dem Italiener gegangen war, wie zäh das dahinfloss, und dann dieses Bühnenbild, bei dem mir allmählich übel wurde ... Das Stück von Vitalie gefiel mir schon besser. Wenigstens gab es hier einen hübschen Saal, einen schönen Nico und einen Guy in Gesellschaft eines hässlichen Mädchens. Viel amüsanter.

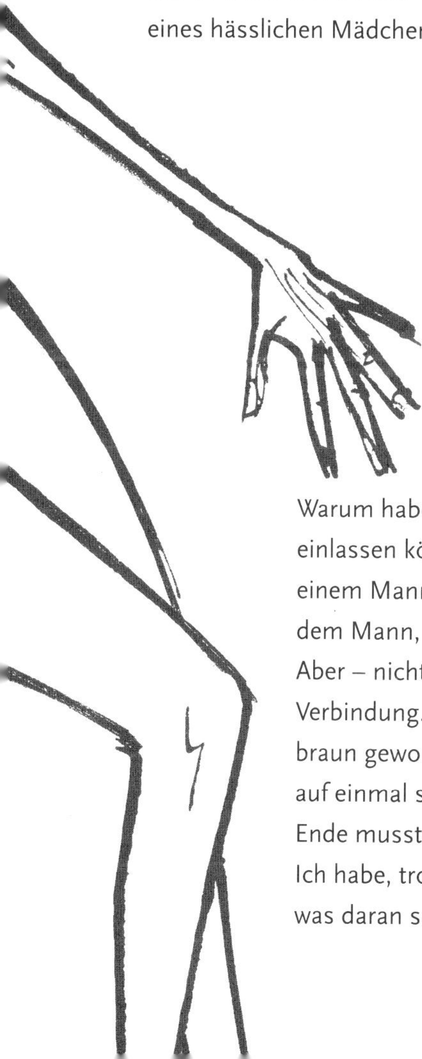

Warum habe ich mich niemals auf Situationen einlassen können? Zum Beispiel, da saß ich mit einem Mann, der mir gefiel, drei Reihen hinter dem Mann, den ich liebte. Das ist eine Situation. Aber – nichts. In meinem Kopf gab es keine Verbindung. Ich sagte mir: »Oh, Guy ist aber braun geworden« oder: »Schau an, Hélène ist auf einmal so nett zu Nico«, nichts weiter. Am Ende musste ich noch Auriol die Hand drücken. Ich habe, trotz der Schlagzeilen, nie begriffen, was daran so interessant war.

Spannendes Billardspiel mit der fröhlichen Truppe. Auffallend die Sanftheit, die Höflichkeit im Umgang miteinander. Sollte man auch gesunden Leuten empfehlen. Élisabeth ist trotz oder auch wegen ihres abstoßenden Gesichts eine sehr kultivierte Frau. Sie erzählt mir von Briefen Prousts an Reynaldo Hahn. Qualvolle Nacht in dem vergeblichen Versuch einzuschlafen. Hässliches Wetter, wie man so sagt. Heute Morgen hat es einen Unfall gegeben, aber ich bin noch nicht dahintergekommen, was genau passiert ist. Ich sah den Doktor mit Sauerstoffgerät usw. in heller Aufregung durch die Halle laufen. Die Telefonistin hat mich gefragt, was ich für Vermutungen hätte; ich habe auf Selbstmord getippt, zu Unrecht, schließlich meinte ich, vielleicht bekäme die Patientin den Sauerstoff immer zum Frühstück.

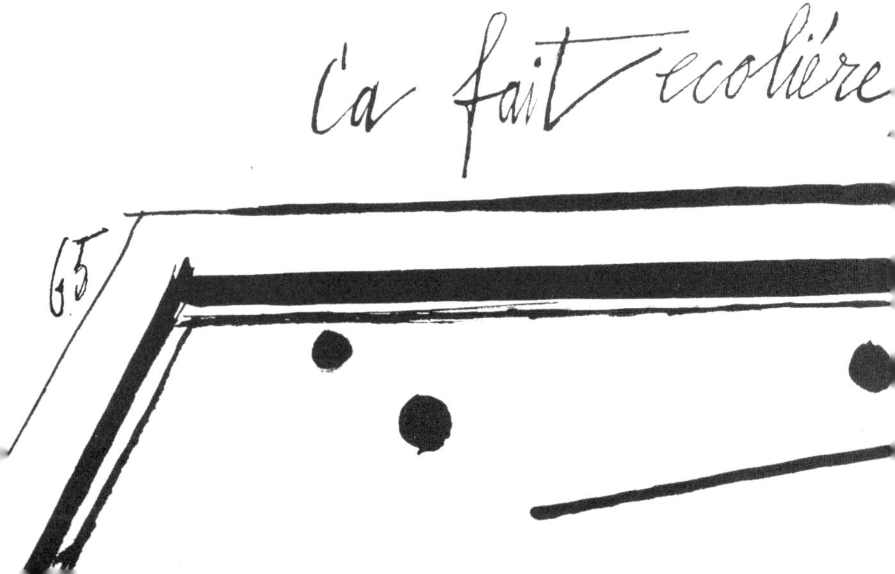

Samedi

Sonnabend

Ich lese wieder mal Proust, *Eine Liebe von Swann*, mit großem Genuss; diese Übereinstimmung von Wahrheit und Dichtung ist selten und ein wirkliches Glück. Ich mag nichts Erfundenes in der Literatur, weshalb Faulkner mich nie wirklich berührt hat. Seine Monster sind nicht meine; so ließe sich in meinen Augen auch der Atlantische Ozean rechtfertigen. Aus diesem letzten Satz werde ich nicht ganz schlau.
Ich sollte wohl doch die Novelle schreiben, statt in diesem spitzfindigen Disput mit mir selbst fortzufahren.

Er hat was von Schülerin,
drogensüchtiger Schülerin allerdings.

Ecolière Droguée,
Il est vrai.

Die Krankheit ist das
Allerschlimmste.

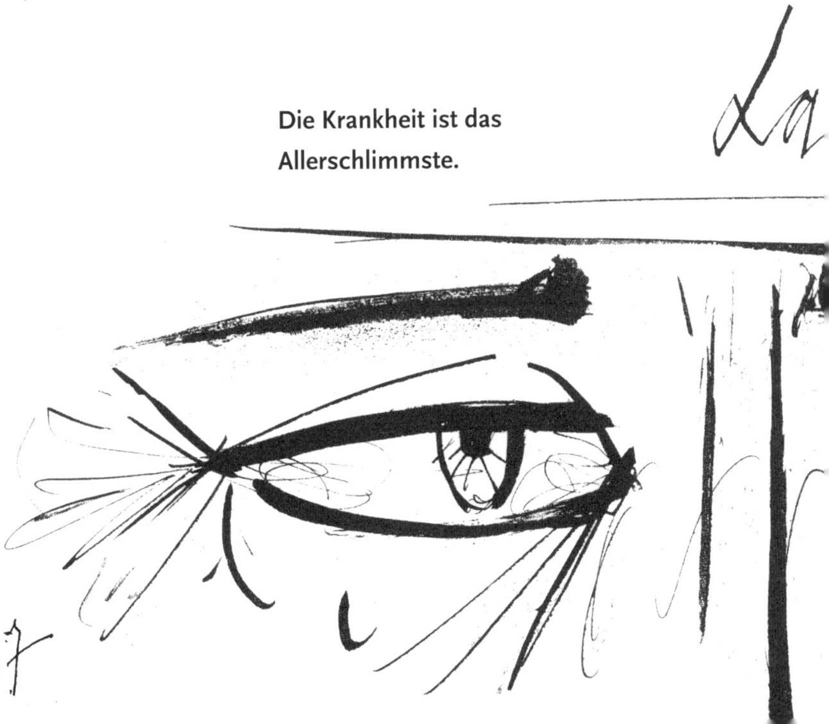

Lundi

Montag

Heute früh Varay gesprochen, ich werde morgen entlassen. Nach erstem Jubel kriege ich schlechte Laune, als wäre ich beschäftigungslos. Diese Geschichte mit der Gesundheit dauert nun schon zu lange. Ich fühle mich an nichts mehr gehalten, das hat eine seltsame Wirkung.
Zum letzten Mal betrachte ich, ohne sie wahrzunehmen, den großen Rasen, die Bäume … Hunderte Menschen mit gemarterten Nerven, von Angst besessen oder von Drogen, werden sie in diesem Winter und im nächsten Sommer betrachten …

Maladie est la pire chose

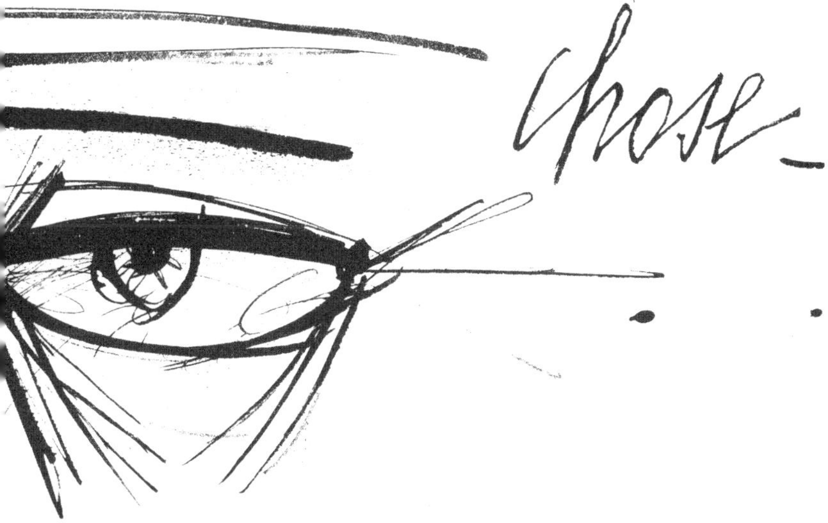

Ich lese Michelets *Geschichte der Französischen Revolution*. Er ist parteiisch und dabei faszinierend zu lesen. An manchen Stellen kommen einem beinahe die Tränen. Ich möchte sofort abreisen. Diese Woche in Paris, vor meiner Weiterreise in den Süden, beunruhigt mich ein bisschen. Wenn man länger als einen Monat hier weilt, gewöhnt man sich wohl so sehr daran, behütet, beobachtet und umsorgt zu sein, dass man nicht mehr ohne Angst wieder nach draußen geht.

Je me dis

Hiermit endet dieses kleine Tagebuch meiner Entgiftungskur. Sie war freundlich und dieses Tagebuch heilsam. Ich werde leben und, wie es so schön heißt, nun ernsthaft schreiben. Ein moralischer oder unmoralischer Gedanke zum Schluss fällt mir nicht ein.

Ich sage mir Auf Wiedersehen.

Au revoir;

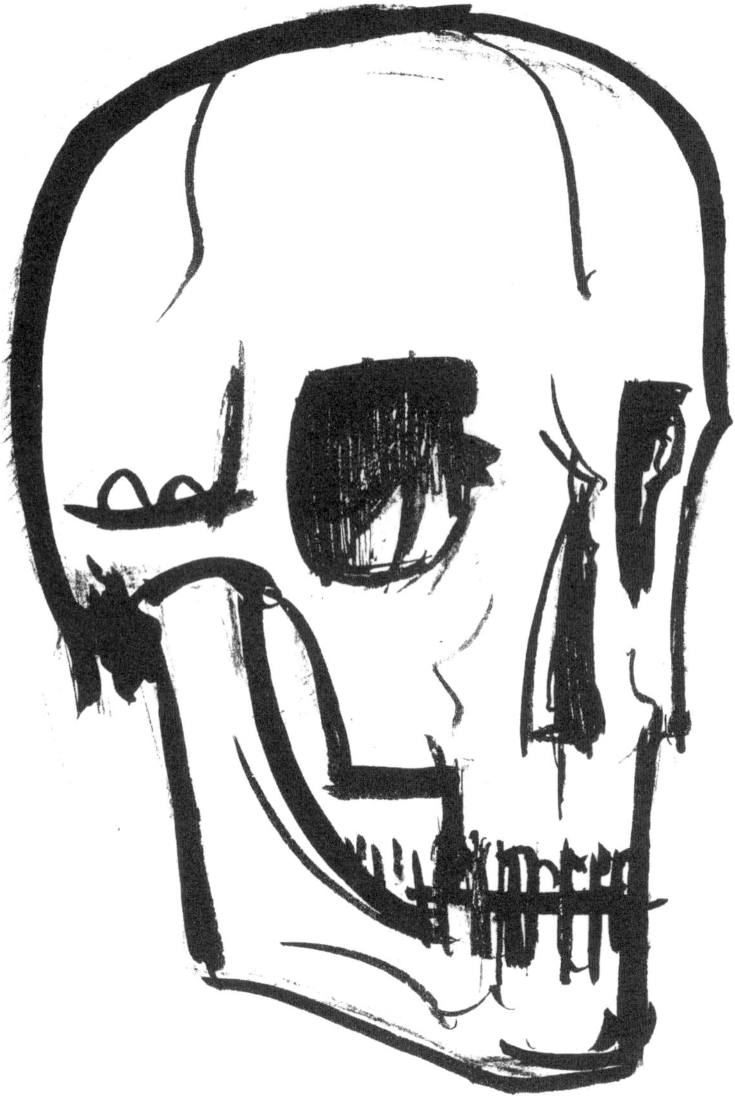

J'ai Peur
Depuis 4 Mois

J'a

71

Aber etwas anderes muss ich wohl erwähnen, wenn dieses Tagebuch vollständig sein soll. Ich habe mich allmählich an den Gedanken des Todes gewöhnt wie an eine nüchterne Vorstellung, eine Lösung wie jede andere, wenn diese Krankheit kein Ende nehmen sollte. Das erschreckt mich und widert mich an, aber der Gedanke ist täglich da, und ich glaube, ich wäre auch fähig, ihn auszuführen, wenn ich jemals ... Es wäre traurig, aber notwendig, ich kann meinen Körper nicht lange überlisten. Mich umbringen; mein Gott, wie allein kann man manchmal sein.

Ich habe einen Krampf gehabt, ich habe einen Krampf in der rechten Hand, der mich terrorisiert. Morgen früh haue ich hier ab, denken wir nur noch daran. Stellen wir uns vor, heute in einem Jahr usw. Böse Erinnerung.

Ich habe seit vier Monaten Angst.
Ich habe Angst, und ich bin es leid, Angst zu haben.

peur et je suis lasse
D'Avoir Peur.

Nachwort

Françoise Sagan … Ein Name, mit dem für uns augenblicklich das Frankreich der zweiten Hälfte des vorigen Jahrhunderts lebendig wird. Jenes Frankreich, das gerade erst den Krieg hinter sich gelassen hat und erdrückt wird vom spannenlangen Schatten des riesigen Generals de Gaulle, seines Erretters. Das Frankreich von »Tante Yvonne«, der kleinen Gattin des großen Generals, fromm und ihm aufopferungsvoll ergeben, Tante Yvonne mit ihren Schleierhüten und ihren winzigen Handtaschen. Ein Frankreich, das sich durch einen gelungenen Zaubertrick davon überzeugt hat, dass es den Krieg gewonnen hat. Das von einem Tag auf den anderen Vichy vergessen hat, Marschall Pétain, die Kollaboration, die Miliz, das Vel D'Hiv. Ein heuchlerisches Frankreich, antisemitisch, sehr katholisch, sehr bigott, sehr prüde, sehr verklemmt. Ein Frankreich, wo Frauen mit Männern nur schlafen, um Kinder zu zeugen, viele Kinder. Ein kolonialistisches Frankreich, das Krieg führt in Indochina und Algerien. Ein, ehrlich gesagt, nicht sehr lustiges Frankreich.

Und in dieser Landschaft taucht, weiß Gott von welchem Planeten gekommen, Françoise Sagan auf. »*War der Teufel nicht im Sportwagen auf die Erde gesandt worden*?«, fragt sich François Mauriac erstaunt. Eine skandalöse Person, ohne Glauben und ohne alle Moral! – so empören sich die einen. Was für eine erfrischende Brise an Leichtigkeit und Freiheit! – so jubeln die anderen. Françoise Sagan. Alles liegt in diesem einen Namen: die Provokation, der Alkohol, die Drogen, die außerehelichen Beziehungen (wie man erotische Abenteuer damals nannte, die freizügige junge Frauen sich außerhalb der straffen Bande von Ehe und Konventionen gönnten), die Pariser Nachtbars, die Jazzkeller von Saint-Germain-des-Prés, die Partys in Saint-Tropez, die Casinos von Deauville und Monte Carlo, die Sportwagen, die weiten grauen Nerzmäntel, die Geliebten einer Nacht und die Liebhaberinnen einiger Tage. Françoise Sagan. Diesen Namen nennen heißt den glanzvollen schwindelerregenden Katalog des französischen Geisteslebens im vergangenen Jahrhundert aufschlagen. Françoise Sagan war die Freundin von Florence Malraux und Juliette Gréco. Von Sartre, mit dem sie regelmäßig in der Closerie des Lilas zu Mittag speiste, dem Kultrestaurant der Pariser Intelligenzia. Sie war befreundet mit dem Tänzer und Dandy Jacques Chazot. Mit François Mitterrand, der sich auf seinen Staatsbesuchen gern von Schriftstellern begleiten ließ.

»*Mein liebster Zeitvertreib*«, pflegte Françoise Sagan zu sagen, »*ist, die Zeit vergehen zu lassen.*« Was für eine Provokation in diesem tüchtigen Europa, das so angestrengt damit beschäftigt ist, sich wiederaufzubauen und sein Wirtschaftswunder zu vollbringen. Françoise Sagan verdient viel, viel Geld. Sie gibt es auf der Stelle wieder aus. Als ob es ihr die Finger verbrennen würde. Françoise Sagan in ihrem sagenhaften Reichtum verteilt ihr Geld, ihren Schmuck an ihre Freunde. Sie ist von unerhörter Großzügigkeit. Und regelmäßig liefert sie Stoff für den Gesellschaftsklatsch wie für die Gerichtschronik. Die Skandale »der« Sagan füllen jahrelang die Seiten von Paris-Match. Im Jahr 1961 setzt sie sich für das Recht auf

Wehrdienstverweigerung der nach Algerien einberufenen jungen Männer ein. 1971 unterzeichnet sie das Manifest der 343 Frauen, die abgetrieben haben. 1995 beschuldigt man sie, in Drogenaffären verstrickt zu sein. 2002 schließlich, vor dem Hintergrund der »Affaire Elf«, wird sie wegen Steuerhinterziehung verurteilt. Sie muss dem Fiskus enorme Summen zurückerstatten. Sie stirbt verarmt, hoch verschuldet, krank und sehr einsam.

Erinnert euch, wie sie plötzlich auftaucht. Wir schreiben das Jahr 1954. Ein junges Mädchen von androgyner Gestalt, zierlich wie ein Kätzchen, aus einer wohlhabenden Industriellenfamilie hervorgegangen, verwöhntes Kind aus gutbürgerlichem französischen Elternhaus, veröffentlicht ein unscheinbares kleines Buch, »Bonjour Tristesse«. Sie ist gerade neunzehn, trägt geringelte T-Shirts, Espadrilles an den nackten Füssen, kurzgeschnittene Haare à la garçonne. Sie hat jene natürliche Eleganz, jene anmutige Kopfhaltung, die man nicht erlernt – die man ererbt von Generation zu Generation. Diese untadelige Haltung wird sie ihr Leben lang bewahren, selbst als sie in den Alkohol und die Drogen abtaucht, selbst als sie ganz unten angekommen ist.

Gerade mal so schafft sie ihr Abitur. Sie beginnt ein Studium an der Sorbonne. Beendet es nie. »Bonjour Tristesse« veröffentlicht sie unter einem bei Proust entlehnten Pseudonym, um den guten Ruf ihres Vaters nicht anzukratzen. Darin wirft die kleine Françoise einen Blick hinter die Kulissen des ach so gesitteten französischen Bürgertums. In die verlogene Welt der Erwachsenen. Erzählt von Langeweile, von Sex und vorehelichen Bettgeschichten. Unerhört! Ein Skandal! Frankreich entrüstet sich.

Was all die kleinen Madame Bovarys in der französischen Provinz jedoch nicht davon abhält, sich mit dieser skandalösen Lektüre das Leben zu versüßen. Brave Mütter und treue Ehefrauen lesen Sagan abends beim Schein der Nachttischlampe und sind tief berührt. Das Buch hat auf der Stelle Erfolg. Es wird ein Renner. In Frankreich wie im Ausland. Viele weitere Erfolge werden hinzukommen.

Françoise Sagan wird zum wahren Gesellschaftsphänomen. Für ihre Leser im Ausland, für die Deutschen insbesondere verkörpert sie ein bestimmtes Bild von Frankreich, das beschwingte, freie, nonchalante, immer zum Tanzen aufgelegte, fröhliche, flippige, manchmal versnobte, kapriziöse Frankreich. Frankreich, Land der Liebe und der leichten Frauen. Land der Sinnlichkeit, der Sonne, der prachtvollen Bürgerhäuser und des Müßiggangs. Ein Lichtschimmer in der betriebsamen, zugeknöpften Grisaille des Alltags der Jahre vor Mai 68.

Françoise Sagan sollte aus der Mode sein? So viel steht fest: All die kleinen Skandalnudeln von heute, die Charlotte Roches und Kolleginnen, die so sehr bemüht sind, zu schockieren und sich ihr dementsprechendes Image in den Medien aufzubauen, sie können ihr nicht das Wasser reichen. Wie blass erscheinen sie, und auch einen Tick zu gewöhnlich, neben der nüchternen Eleganz und der spielerischen Leichtigkeit von Françoise Sagan. Und wie traurig ist ein Michel Houellebecq, für den die Deutschen so schwärmen. Françoise Sagan war nicht traurig. Sie hatte die verführerische Heiterkeit jener, die nichts mehr zu verlieren haben. Die mit kleinen, seiltänzerischen Schritten über dem Abgrund wandeln.

Und nun liegt vor uns dieses schmale Notizbuch mit dem Originaltitel »Toxique«, illustriert von Bernard Buffet, das 1964 zum ersten Mal erschien, seinerzeit jedoch kaum bemerkt wurde und bald in Vergessenheit geriet. Fünfundvierzig Jahre später taucht der Text wieder auf. 2009 wurde er in Frankreich neu ediert und liegt nun auch in deutscher Übersetzung vor. 1957, etwa drei Jahre nach dem Erscheinen von »Bonjour Tristesse«, hat die knapp zweiundzwanzigjährige Françoise Sagan einen schweren Autounfall am Steuer ihres Aston Martin. Ein Priester beeilt sich, ihr die Letzte Ölung zu geben. Einige Tage lang schwebt sie zwischen Leben und Tod. Sie hat zahlreiche Brüche erlitten am Kopf, am Brustkorb, im Becken. Um ihre unerträglichen Schmerzen zu lindern, geben ihr die Ärzte über mehrere Wochen ein morphinähnliches Schmerzmittel, das Palfium 875. Sehr bald ist Sagan abhängig. Sie geht zu einer Entgiftungskur in eine psychiatrische Klinik. In diesem geschlossenen Universum, in der Gesellschaft ihrer Mitbewohner mit den »*gemarterten Nerven*«, einiger »*sanfter schizophrener Damen*«, die »*in den ausgestorbenen Alleen dieses Parks*« spazieren gehen, »*einen veilchenblauen Strohhut auf dem rastlosen Kopf, der manchmal eigensinnig einem kleinen Gedanken nachjagt, einem wundervollen kleinen Gedanken, der sie ganz und gar erfüllt*«, ist Françoise Sagan allein. Allein mit der Angst, allein mit sich selbst, allein »*am Rande des Abgrunds*«, allein im Angesicht »*dieses langsamen Abgleitens in die Schizophrenie*«. Vielleicht zum ersten Mal in ihrem Leben. »*Ich hatte schon lange nicht mehr mit mir selbst gelebt*«, so beschreibt sie die unheimliche Konfrontation mit ihren grauenhaften Ängsten.

»*Das wirkt sich seltsam aus*«, schreibt sie unter besonderer Hervorhebung in dieses denkwürdige Tagebuch. Es folgt eine akribisch genaue, scharfsinnige, nie erdrückende, nie herablassende, vielmehr unglaublich objektive Beschreibung dieses, ja, so »*seltsamen*« Zustands. Das Gefühl, zu ersticken, wenn die erlösende Spritze auf sich warten lässt: »*Die Stimmung steigt und sinkt unaufhörlich zwischen zwei Krisen.*« Ihr schwereloser Humor: »*Als Nächstes wird man mir wohl die Medaille für erfolgreiche Entgiftung verleihen, alle Welt rühmt meinen Mut, ich lächle glückselig und ein bisschen idiotisch.*« Das verschämte Mitleid mit sich selbst, von dem sie so treffend sagt: »*Mitleid ist ein angenehmes Gefühl und mitreißend wie Militärmusik.*« Ein kurzer Text, hart und zärtlich zugleich, ein graziöser und manchmal sogar sehr humorvoller Abstieg in die Hölle. Und eine so diskrete und feinsinnige Beobachtung, dass man sie fast für belanglos halten könnte.

Aus der Abhängigkeit von Drogen, Medikamenten, Alkohol wird Françoise Sagan nie wieder herauskommen. Als sie im September 2004 stirbt, hinterlässt sie Denis Westhoff, ihrem einzigen Sohn, einen Berg von Schulden. Was tun? Wenn er das Erbe ausschlägt, riskiert er, dass der Staat die Rechte an den Werken seiner Mutter versteigert und damit in alle Winde verstreut. Moralisch undenkbar. Denis Westhoff beschließt zu kämpfen: Er will von den Finanzbehörden einen neuerlichen Zahlungsaufschub erwirken, um mit einer Neuedition der Werke die Schulden zu tilgen. Er ist überzeugt, dass Sagans Werk noch immer von »großer Modernität« ist. Ein Kampf, der drei Jahre dauert. Beim Kulturministerium, beim Finanzministerium trifft er auf verschlossene Türen. Er schreibt an den Präsidentschaftskandidaten Nicolas Sarkozy, der einige Wochen nach seiner Wahl die Blockade aufhebt. Ein über mehrere Jahre gestaffelter Zahlungsaufschub wird gewährt. Denis Westhoff tritt das Erbe an und findet in den Éditions Stock einen enthusiastischen Verlag, der bereit ist, mehrere brachliegende und vom Vergessen bedrohte Bücher neu herauszubringen. Der Sohn hat seine Wette gewonnen. »Toxique« wurde in Frankreich ein sehr großer Erfolg.

Einige Jahre vor ihrem Tod hat Françoise Sagan ihre Grabinschrift verfasst: »*Sagan, Françoise. Tauchte 1954 mit einem schmalen kleinen Roman auf, ›Bonjour Tristesse‹, der ein weltweiter Skandal war. Ihr Verschwinden nach einem Leben und einem Werk, die beide gleichermaßen angenehm wie hingepfuscht waren, war nur für sie selbst ein Skandal.*« Ein Epitaph, das ihr gleicht. Mutig und von stoischer Gelassenheit. Sie fehlt uns, Françoise Sagan … habe ich mir gesagt, als ich das kleine Buch schloss. Sie fehlt uns.

Pascale Hugues, Berlin, im Mai 2011

Die französische Journalistin und Buchautorin lebt seit dem Mauerfall in Berlin.